IWAN DIWAN

von Marta Koci
Irina Korschunow

Parabel Verlag

Im Haus Nummer hundertvierzig wohnt ein Junge. Er heißt Iwan. Iwan kommt gerade aus dem Kindergarten. Er hat dort mit vielen Kindern gespielt, mit Sabine, Peter, Thomas, Eva, Andrea und Stefan. Jetzt hat er Hunger und freut sich aufs Mittagessen.
„Hast du nach dem Essen Zeit, Iwan?" ruft Michael aus dem Fenster.
Aber Iwan hat keine Zeit.
„Später vielleicht", sagt er. „Zuerst muß ich alte Kleider und Tücher zusammensuchen. Wir wollen uns morgen im Kindergarten verkleiden."

Zum Mittagessen gibt es Milchreis mit Pflaumenkompott. Das mag Iwan gern. Er ißt einen großen Berg Reis und eine große Schüssel voll Pflaumen. Als er satt ist, steigt er die Treppe zum Dachboden hinauf. Dort oben wird es nie richtig hell. An den Wänden hängen Spinnweben, und auf dem Fußboden liegt soviel Staub, daß man darin malen kann. Überall steht Gerümpel herum: Ein wackliger Tisch, der zerfranste Reisekorb, in dem Iwans Mutter Lumpen und abgelegte Kleider aufbewahrt, Stühle mit zerbrochenen Beinen, Töpfe, Schachteln, Kisten, Großvaters kaputter Regenschirm und ein uraltes, quietschendes Sofa. Iwans Mutter nennt es Diwan. Alte Sofas heißen so, sagt sie. Iwan gefällt der Name. Iwan und Diwan, das reimt sich.

Iwan wühlt in dem Reisekorb. Er findet eine viereckige blaue Tischdecke mit Fransen, einen schwarzen Strohhut mit Rosen darauf und einen zerissenen Seidenrock. „Das reicht", sagt er, klettert auf den Diwan und springt hin und her. „Iwan und Diwan", singt er dazu. „Iwan und Diwan." „Iwan und Diwan." Dann setzt Iwan sich in die Sofaecke und denkt sich Geschichten aus.

In der ersten Geschichte ist Diwan ein weißes Pferd, auf dem Iwan über die Prärie reitet.
In der zweiten Geschichte ist Diwan ein Schiff, mit dem Iwan über das Meer segelt, neue Inseln entdeckt und Piraten besiegt.
In der dritten Geschichte ist Diwan ein Urwald mit riesigen Bäumen, in dem Iwan auf Tigerjagd geht.

Der Tiger schleicht groß und gelb durchs Gebüsch und faucht. So ein gefährlicher Tiger! Iwan legt sein Gewehr an. Doch da hupt unten auf der Straße ein Auto, und die Geschichte ist zu Ende. Der Diwan ist nur ein Diwan, und als Iwan auf die Lehne klettert und aus dem Fenster guckt, sieht er keine Prärie, kein Meer, keine Urwaldbäume. Er sieht nur Dächer. Auf einmal hört Iwan, wie es hinter ihm raschelt. Eine kleine weiße Maus steckt ihren Kopf aus dem zerissenen Polster.

„Piep", lockt Iwan. „Piep."
Die weiße Maus hüpft auf die Armlehne und sieht Iwan an. Auch, als er vorsichtig näher kommt, bleibt sie sitzen. Sicher hat sie schon einmal bei Menschen gewohnt und fürchtet sich nicht vor ihnen.
„Ich mag dich", sagt Iwan. „Du sollst Piepmann heißen. Iwan und Diwan und Piepmann, das reimt sich beinahe."
„Piep", macht die Maus.
„Ich muß gleich zu Michael gehen", sagt Iwan. „Aber vorher will ich dir eine Geschichte erzählen." Und er erzählt Piepmann die Geschichte von dem Schiff, mit dem er über das Meer segelt und Piraten besiegt. Die Maus sitzt neben ihm. Es sieht aus, als ob sie versteht was Iwan sagt. Da vergißt er, daß er zu Michael gehen wollte und erzählt Piepmann auch noch die Geschichte von dem gelben Tiger.

Am nächsten Tag ist es lustig im Kindergarten. Alle Kinder haben sich verkleidet, Stefan als Matrose, Peter als Räuber, Eva als Prinzessin und Andrea als Blumenmädchen. Iwan hat sich die Fransendecke umgebunden und den Rosenhut auf den Kopf gesetzt. „Ich bin eine Blumengroßmutter", sagt er, und alle lachen.

Als Iwan mittags nach Hause geht, sieht er einen Lastwagen durch die Straße fahren. Er ist mit alten Möbeln beladen, mit Betten, Sesseln, Schränken und Krimskrams. „Die städtische Entrümpelung war hier", erzählt die Mutter beim Essen. „Ich habe den Dachboden leerräumen lassen. Endlich ist der ganze Kram verschwunden."

„Aber doch nicht Diwan?" fragt Iwan erschrocken. „Auch der Diwan", sagt die Mutter. „Was sollen wir mit dem alten Ding? Das ist höchstens etwas für die Motten." „Nein!" ruft Iwan. „Nein!"
Er läuft zum Dachboden hinauf. Dort sieht es leer und sauber aus. Sogar die Spinnweben sind abgefegt. Der wacklige Tisch, die zerbrochenen Stühle, der Reisekorb, die Töpfe, Kisten und Großvaters Regenschirm, alles ist verschwunden. Und an der Wand, wo Diwans Platz war, sieht Iwan nur noch Flecke.
„Piepmann!" ruft Iwan. „Piepmann! Wo bist du?"
Er bekommt keine Antwort. Diwan und Piepmann sind fort.

Iwan setzt sich auf sein Dreirad, um Diwan zu suchen. Er fährt durch die erste Straße, durch die zweite Straße, durch die dritte Straße, durch die vierte Straße. Nirgendwo sieht er einen Lastwagen mit alten Sesseln, Schränken, Betten und Krimskrams. Er fragt eine Frau mit einer großen

Einkaufstasche, er fragt einen Mann, der mit seinem Hund spazierengeht, er fragt einen Polizisten. Keiner hat etwas gesehen. „Geh nach Hause, Junge", sagt der Polizist. „Sonst macht sich deine Mutter Sorgen." Aber Iwan sucht weiter, immer weiter.

Endlich, in der neunten Straße, findet Iwan den Lastwagen. Er steht auf einem Hof, und drei Arbeiter sind dabei, das Gerümpel abzuladen. Die alten Möbel krachen und splittern, wenn sie auf das Pflaster fallen. Iwan fährt dicht heran. Er sieht Großvaters Regenschirm, den Reisekorb, den wackligen Tisch und ein paar zerbrochene Stühle. Diwan sieht er nicht.

„Was machst du denn hier, Bürschchen?" fragt einer von den Arbeitern. „Verschwinde, sonst fällt dir noch eine Kiste auf die Nase."
Der Mann ist so groß wie ein Schrank. Er hat eine tiefe Stimme, und wenn er spricht, wackelt sein Bauch.
„Ich suche Diwan", sagt Iwan.
„Diwan?" brummt der Mann. „Ich kenne keinen Diwan. Los, weg mit dir. Verschwinde!"
Aber Iwan denkt nicht daran. So schnell läßt er sich nicht wegjagen.

Iwan wartet bis der große Mann wieder an seine Arbeit gegangen ist. Dann fährt er auf die andere Seite des Lastwagens und kriecht zwischen dem Gerümpel herum.
„Piepmann!" ruft er. „Piepmann!"
Auf einmal springt eine weiße Maus auf ihn zu.
„Piepmann!" ruft Iwan. „Da bist du ja endlich! Wo ist Diwan?"
„Piep", macht Piepmann und setzt sich auf die Hinterpfoten. Aber Iwan versteht die Mäusesprache nicht. Er sucht weiter, bis der große Mann ihn endgültig davonjagt. „Wenn du nicht sofort verschwindest, passiert was", brummt er. „Lausebengel!"

Iwan steckt Piepmann in seine Jacke
Dann fährt er nach Hause. Er stellt sein
Dreirad neben die Garage und geht die
Treppe hinauf.
Seine Mutter wartet schon auf ihn.
„Wo warst du so lange?" fragt sie ärgerlich.
„Du weißt doch, daß du nicht allein weg-
fahren darfst. Michael war hier und wollte

mit dir spielen. Warum bleibst du nicht
auf dem Hof?"
Iwan schweigt. Er verrät nicht, daß er
Diwan und Piepmann gesucht hat. Er verrät auch nicht, daß Piepmann in seiner
Jacke steckt. Seine Mutter mag keine
Mäuse, nicht einmal weiße, und Iwan
möchte Piepmann behalten.

Iwan nimmt Piepmann mit in sein Zimmer. Er gibt ihm eine Schachtel mit Seidenpapier zum Wohnen und ein Stück Käse zum Fressen und erzählt ihm Geschichten. Später, als es dunkel ist, stellt er sich ans Fenster und sieht den Mond an.

Piepmann sitzt neben ihm.
„Morgen suchen wir weiter", sagt Iwan. „Alle müssen helfen, Michael und Stefan und Peter und Andrea und Thomas und Peter. Wir suchen so lange, bis wir Diwan gefunden haben."

Bilder von Marta Koci
Text von Irina Korschunow

© der Originalausgabe by Gakken Co, Tokyo 1973
© 1974 der deutschen Ausgabe by Parabel Verlag München
Alle Rechte vorbehalten
Printed in Japan
ISBN 3 7898 0879 2